獻給每一隻
愛作夢
愛冒險
的貓咪

作者

貓小姐

正業是文字工作者，
不務正業時是畫貓人。

自幼結識許多貓朋狗友，
喜歡用詼諧的手法開貓的玩笑。

畫貓的最大目的，是把全人類同化為愛貓人；
畫貓的最大樂趣，是當你看到我的畫時，
會噗哧一笑，會想走進畫裡，和貓咪共享溫柔時光。

以貓咪為主角，創作《浮世貓繪》、《浮世貓繪葉書輯》、《台灣貓日子》等（皆售出多國版權）。

歡迎光臨臉書：「貓小姐 Ms.Cat」。

貓小姐 Ms.Cat

貓咪的奇幻旅程

貓小姐 著

貓咪小隊介紹

阿咪

- 女生
- 閃亮白毛
- 下巴有痣的乳牛貓
- 粗短黑尾巴

貓群資深老大，脾氣也很大。擁有貓界神祕超能力，小貓後輩既景仰又害怕。最喜歡的食物是富含膠原蛋白的壁虎和紅燒吳郭魚。看到食物時叫聲非常響亮，號稱「放飯廣播電台」。

派克

- 男生
- 灰長毛
- 一張大黑臉
- 有著像蜘蛛腳一樣的超長鬍鬚

疑似灰灰失散多年的雙胞胎弟弟。喜歡耍心機，卻常被識破。長相威武、內心溫柔，害怕獨處也怕黑。最喜歡的食物是魷魚絲。

灰灰

- 女生
- 黑臉灰長毛
- 有著貓頭鷹般的大眼
- 右手因為抓了無敵大蟑螂留下黑色印記

銳利眼神深不可測，擁有貓頭鷹的智慧。從來不熟睡，一有風吹草動立刻察覺。很有母儀風範，常收養撿來的小貓。看到成堆的新鮮乾乾會興奮到爆炸而忘記形象。

麥麥

號稱貓咪界玄彬，有著逆天雪白美腿，常引來少女貓瘋狂尖叫。溫和傻呆沒心機，無害貓咪第一名，也因此常被欺負。最喜歡的食物是海苔。

- 男生
- 白底淺黃微虎斑
- 九頭身美少男

小黑

身材如墨魚香腸，長得雄壯威武，內心卻膽小如鼠，擅長裝無辜，用亮晶晶眼神騙取食物。雞排是此生摯愛，食物是唯一信仰。喜歡跟貓混在一起，又很愛跟貓吃醋。

- 女生（不要懷疑！）
- 純黑米克斯犬
- 毛髮黑得發亮

小圍巾

個性孤僻，獨來獨往，不喜社交。黃澄澄的雙眼有遺傳自黑貓家族的神祕能量。平時愛裝酷，弱點是「拍屁股」，一拍屁屁就太享受而忘記高冷的形象。

- 女生
- 白領黑貓
- 堅持四隻腳要穿不同長短的白襪

歐潤橘

十隻橘貓九隻胖，他是瘦的那一隻。身材和心智永遠停留在兒童期，是貓咪小隊裡最受眾貓疼愛的小弟弟，也是小黑的超級好朋友。

- 男生
- 單眼皮，輕微鬥雞眼
- 少見的瘦橘貓

目次

第四章

未來世界

第五章

回家的路上

後記

序曲

帶夠了嗎？
還有什麼遺漏的嗎？
圍巾手套地圖工具
最不能忘了小魚零嘴
行囊裝得再滿
總有遺忘的那一樣
就讓旅途中的驚喜來補上吧

啟程的夜晚

深夜的書架
醞釀著不尋常氣息
無風的夜
卻有書頁嘩啦啦翻動的聲音
聽說啊
被翻閱過一千遍的書
從此就有了靈魂
傳說中的任意門
會在好奇心濃度
升高到百分之兩百時開啟

貓咪小隊有六把好奇心鑰匙
輕易便開啟了
那個還沒被發現的祕密
今晚
任意門要帶我們去哪裡？

TREASURE ISLAND
THINGS UNKNOWN
FAIRY TALE
AMAZING JOURNEY
STAY CURIOUS
FREEDOM
INTO THE WILD
THE LOST WORLD

第一章

自然野地

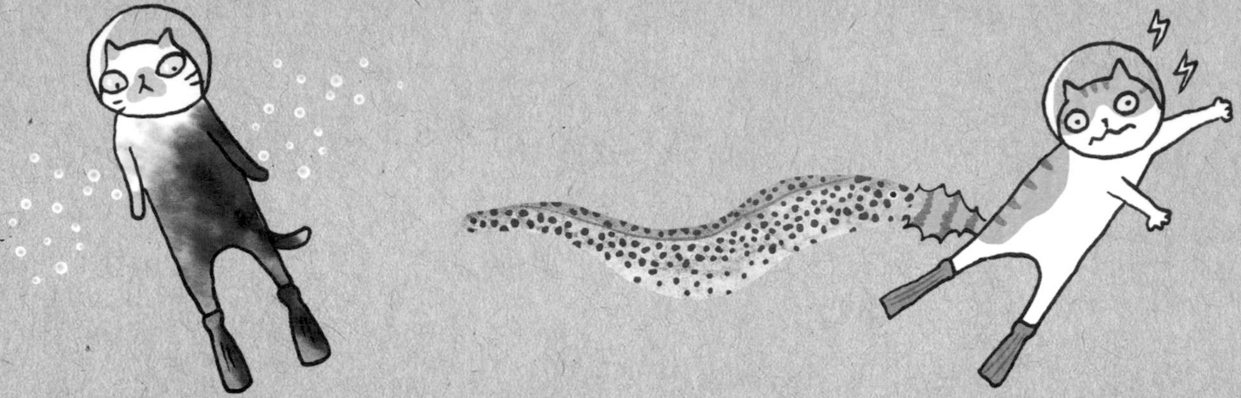

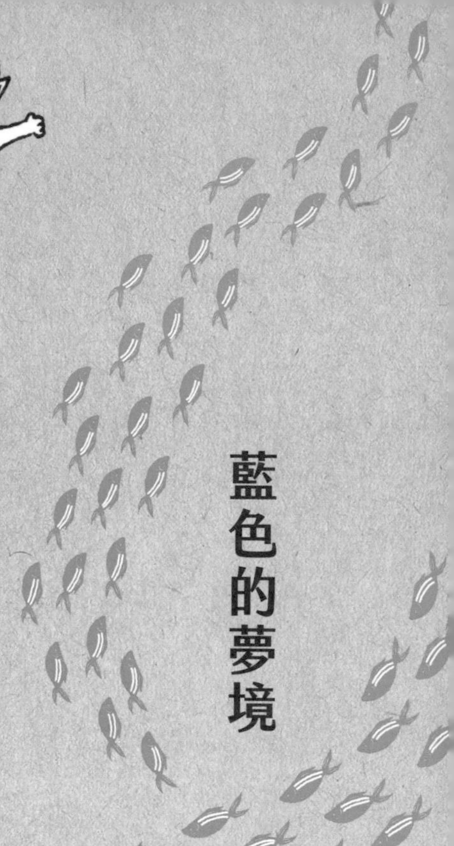

藍色的夢境

我要瘋了
那麼那麼多的魚
那麼強烈的海潮之味
我竟然都沒有食欲

因為海底太美了
像一場藍色夢境
到處是輕飄飄浮動的生物
爪子差點按捺不住

嗨　章魚哥你好
我會輕輕地輕輕地
用柔軟的貓掌認識你

嗨　海龜公車你好
我想趴在你的背上
請你帶我去更遠的海洋

淘金沙

夜幕低垂的沙漠
閃閃金沙
在最偏遠的沙哈拉
尋找世界頂級貓沙

踩上黃金沙的觸感
猶如漫步雲端
細緻綿密　暖烘烘地
包覆著雙腳
用過的貓貓
都說無法自拔

有貓因為迷戀金沙
從此紮營在沙哈拉
過著貝都因貓的生活
當沙漠風暴吹起時
就是他們隨著金沙遷徙的時候

看見北極光

可惡
是誰說要來這裡
這絕不是短毛貓的主意
還好有北極熊民宿
提供又蓬又暖的熊抱房型
四貓一床　躺著睏著
等待北極光

北極的夜有很多聲響
喀噠喀噠冰山在移動
害羞的獨角獸低聲嗚唱
海鸚鵡從冰島飛來
仰望第一道光

叮叮噹
耶誕老人會路過嗎？
禮物袋裡會不會有貓罐頭？

與花豹的午睡之約

到非洲找大貓親戚
要帶什麼伴手禮？
逗貓棒會不會被嫌棄

正午時分的大草原
像搖擺的熱浪
每一襲風
都讓人站到高潮上
河馬泡在水裡
花豹掛在樹上

嘿　上來呀小貓咪
這棵樹是我的愛床
樹形彎得恰恰好
簡直為貓科生物打造

一整個下午
大貓小貓掛滿樹
在非洲的大草原上

闖入巨鳥國

黃山雀：
這個傢伙我見過
上次猛撲過來
害我掉了三根羽毛

黑枕黃鸝：
這個傢伙我記得
老是在窗邊
張開嘴盯著我一下午

貓咪闖進了巨鳥國
咦？這不是那些飛來飛去
一天到晚鬼叫的傢伙嗎
怎麼變得這麼巨大

貓咪不知道
巨鳥正在討論
怎麼料理這頓難得的肥美佳餚
香煎　三杯　還是紅燒

魔法森林

森林深處潮濕而濃密
吸飽水氣的苔蘚
像一張膨脹的綠色絨毯
綿密包裹每一處生命肌理

用指尖輕觸　如點字般
密密麻麻寫滿
各種生物的密碼
土馬騌是迷你潛望鏡
伸長脖子吸吮露珠如蜜
松蘿吐露千絲萬縷
一輩子和枝幹纏纏綿綿

噓　安靜傾聽
這是精靈最容易出沒的地方
聽說出來玩
都要拍張網美照
各就各位姿勢擺好
眼神迷濛望向遠方
咦？剛剛後面有什麼飛過去？

熱帶雨林之夜

遠處有飛鳥振翅
暗處有寶石明滅
奇異的花朵開得妖豔

甜美蜜汁流淌
深不可測的玉液瓊漿
明明是植物
卻個個有詭

雨林之夜
誰都沒有睡
從高樓樹冠
到暗黑地下街
一個一個
都在等待
肥美的消夜

尋找鋼鐵貓爪

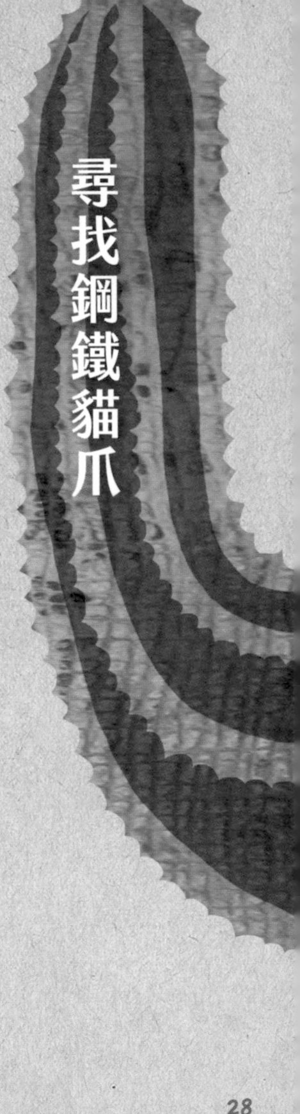

掌花開闔　縮放自如
貓掌並存著柔軟與剛強
是世間最強大的武器

聽聞還有一種厲害的掌
結合多肉與尖銳　可愛與威脅
當貓掌遇上仙人掌
怎能不互相切磋

貓貓最恨
強剪指甲的蠻橫人類
爪子失去尖端
豈能磨爪為歡

在滿園的多肉世界裡
尋尋覓覓
一定能找到
不被人類剪斷的
鋼鐵貓爪

第二章 考古與穿越

遇見貓乃伊

古埃及貓穴出土
世界各地考古學家
拿著小毛刷　東刷刷西刷刷
清出一幅驚人的壁畫

貓乃伊睜著黃澄大眼
瞪著這群不速之客
千萬年前埋下的詛咒
好像嚇唬不了
這群來自未來的笨貓

叩叩叩　敲開棺槨
貓乃伊包得密不透風
哈囉　你不熱嗎？
要不要幫你脫掉外套？

墓穴挖出史前巨魚骨頭
橘貓怎麼受得了誘惑
忍不住伸出舌頭
用想像填補了
九千年前的新鮮滋味

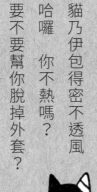

埃及貓神一日體驗

太陽神
每天把自己曬得熱烘烘
有時一不小心把別人也烤焦

睡覺神
從來沒有站起來過
每天躺著是祂對職業的最高敬意

食物神
掌管食物分配
卻總是把別人的飯也掃光

蟑螂神
當然得有靈活身手
集滿千隻小強
才能兌換一枚榮譽徽章

黑色顯瘦的阿努比斯
最近卻變得圓滾滾、
噓~不能說
那是因為收了太多貓咪的賄賂

兵貓俑

穿著盔甲的貓咪
一動也不動
守在地底
數不清幾個春夏秋冬

千年歲月已過
靈魂禁錮在兵貓俑
偶有老鼠蟑螂爬過
也只能乾瞪眼氣沖沖

誰來解開千年的封印
好想出去看看天空
盜墓賊來了
又有夥伴出去放風

橘將軍好羨慕
但他身形威武
他開始擔心
這等小賊貓應該搬不動

大橘王朝

橘始皇肚子不能空空
肚子空空　腦袋就發瘋
每天醒來第一句話：
有什麼吃的都給我端上來

橘色是溫暖的顏色
橘色是穩重的顏色
其實臣子們都知道
橘色是肥胖的顏色
但誰也不敢說

來自各方的使節
每日絡繹不絕
挖空心思上呈美味貢品

畢竟這是大橘王朝
永遠以大橘為重

大橘為重
風雲變色
始皇飢怒
天下太平
飽食終日

夢回北宋

公子您可仔細瞧
這幅畫出自名家之爪
出手不凡　寫意奔放
是不可多得的好物

公子姑娘情投意合
且待老朽來算算
兩位八字合不合
唉唉這可不成
公子尚未成年
姑娘竟已珠胎暗結

店小二
快快再開一罐
喵古論今話魚乾
是非八卦聊不完
一壺罐罐喜相逢
古今多少事
盡付喵聲中

選日合婚

是誰偷了阿咪的晚餐

阿咪氣得七竅生煙
只是轉頭聊個天
盤子裡的黃金魚瞬間不見

「你們之中，有誰偷了我的魚。」
同桌的貓咪議論紛紛
是誰膽大妄為
竟敢在貓大王盤上偷腥

「不是我」
「不是我」
「絕對不是我」
膽小的貓咪紛紛撇清

畫家畫下這一刻的紛亂猜疑
讓大家猜猜
究竟是誰偷了阿咪的晚餐？

微笑貓咪

午後微風徐徐
跋山涉水的貓咪都累了
還來不及探索
神祕貓咪古文明
就呼嚕呼嚕地
瞇上了眼睛

上百隻石化貓咪
臉上都有一抹神祕微笑
像催眠一般
笑著看著　貓靈就出了竅
進入夢鄉的貓咪
嘴角都帶著微笑

咦
有一隻石貓
偷偷張開眼睛
看著橘貓
發出寓意深遠的微笑

第三章 童話夢境

貓咪夢遊仙境

滿開的奇花異草
滿桌的甜點下午茶
這是誰的粉紅夢境呀
可不可以不要醒來

要不要加奶精
要不要來個布丁
老鼠大廚提供桌邊服務
看得貓咪興奮莫名

流水席一道接一道
甜點吃到飽
老鼠看到飽
嘿嘿
有一道驚喜菜色
不知落在哪隻幸運貓咪手上

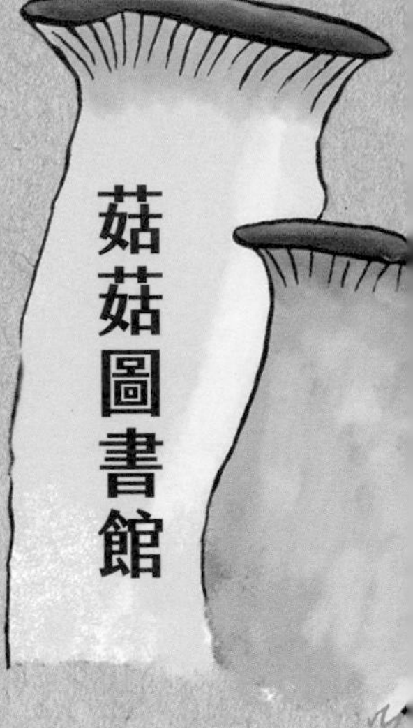

菇菇圖書館

旅途中
感到知識匱乏的時候
就來一趟菇菇圖書館

坐在菇傘下
每一頁皺褶
都飽含知識養分
搖搖菇柄　孢子文字飛揚
扎扎實實填滿貓咪的小腦袋瓜

有些貓咪一讀書就昏昏欲睡
只好爬上柔軟的菇傘
先來個午睡

香菇養護員
每天維護梳理皺褶
澆水保持菇菇濕潤
根扎得愈深
就愈能長出有深度的養分

金魚島

經過七天顛簸的航行
海盜船終於來到金魚島
傳說是真的
地圖是真的
寶藏也是真的

金銀財寶到手了
就像所有的故事一樣
只要有錢　一定起內鬨

只是這群不識貨的海盜
搶的不是金子
他們急著把金子掏出來
為的是把身子擠進去
金子再多
也比不上箱子誘惑

小黑忙著把撿到的骨頭埋起來
但他跟多數的狗一樣
忘了這輩子
可能再不會來這個地方

穿越雪貓國

雪貓打個呵欠
瞬間下起暴雪

雪貓脾氣火爆
動不動就爆氣雪崩

雪貓一天要吐好幾回
山間總是泥流氾濫

抖抖抖　抖抖抖
短毛貓的動力方向盤全壞了
只能窩在雪橇上
讓長毛貓拉著走

只有跟著綠眼橘貓嚮導
才能穿越危險重重的雪貓國
把袋裡的食物全都奉上
鎮住瘋狂雪貓
就交給魚骨權杖

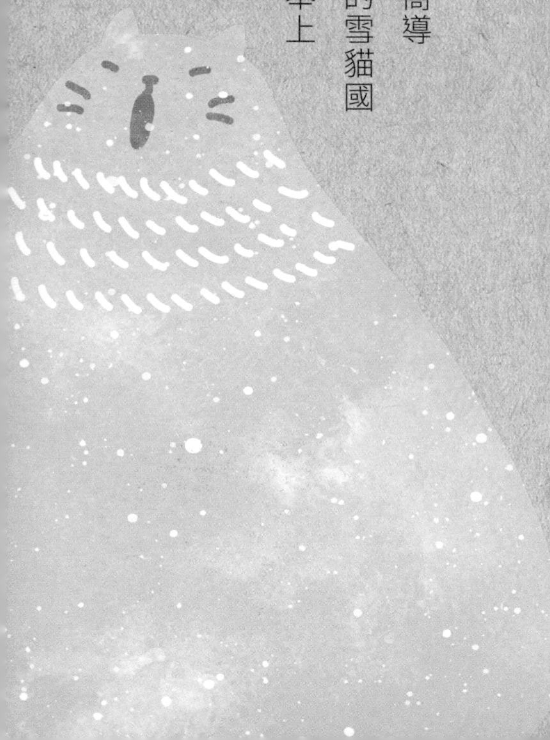

森林裡的小紅貓

美味的蘑菇
長在森林深處
那裡住著心機大野狼

穿上紅色披風
戴上小紅帽
據說就不會被野狼看上

林間射入的陽光
把葉子照得閃亮亮
灰貓爬上樹梢幫大家守望

一二三四五六七八
咦　怎麼多了兩個小紅帽
躲在那邊甩著尾巴的是誰

偷懶的貓咪
晚餐沒蘑菇吃喔

尾巴甩甩甩
「嘿嘿……
我有比蘑菇更好吃的食物喔」

鯨魚之舞

巨大的月亮
從海的盡頭升起
把紙船摺好攤開
剛好承載兩隻貓咪的重量

搖啊晃　搖啊晃
乘著月光　漂流到海中央
小船下　有什麼飛馳而過

海龜滑動雙鰭
磷蝦螢光閃爍
鯨豚輕聲吟唱
海上的夜並不寂寞

鯨魚之舞就要開場
高高揚起的尾巴
有著招喚幸運的能量
一代又一代
守護著自然與海洋

第四章 未來世界

去餐廳，吃一本書

3號桌客人點了西洋神話故事
貓主廚埋頭書寫
把千層書派烤得酥脆
夾上火腿起司生菜
再來顆半熟荷包蛋
最後撒點胡椒提味

4號桌客人點了深奧的文學概論
貓主廚換上草莓墨水
寫出一本酥脆易入口的威化書
淋上厚厚一層煉乳
最後用薄荷點綴

1號桌點了美貓的祕密生活
這類重口味的書
只為成貓提供桌邊服務
火辣辣的淋醬
小貓只能瞪大眼看

有一天當我們都不讀書
只要上餐廳吃一本書
咀嚼之後　就擁有一肚子墨水

Recipe
Tomato
Rosemary
Lemon
Pepper
chesse
Potato
Farm

深夜的自助洗衣店

午夜十二點　人聲退去
自助洗衣店傳出悠遠的海潮聲
此時的自動門只為貓兒開啟

人類忘記帶走的衣服散落滿地
洗衣精殘留的氣味
人造太陽烘過的餘溫
還可以睡上一睡

貓來這裡不為洗衣服
按下洗衣鍵
注水　放魚
洗衣機洞口
是深邃的海底通道
看著看著就著了迷

看膩了轉換頻道
也有小鳥蝴蝶和守宮
沿著洗衣滾筒狂奔的老鼠

深夜的自助洗衣店
是城市貓咪的動物星球頻道

Laundry
自助洗衣
AM12:00~04:00
CATS ONLY

哲學貓咖啡館

每隻貓的身體
都住著一個哲學家的靈魂
時時刻刻思考著
充滿奧義的貓生真理

哲學貓咖啡館
是貓咪最愛去的沉思聖地
那裡提供各式哲學家咖啡豆
今天遇見蘇格拉底
明天想喝一杯甘地
手癢想抓魚啊鳥啊蝴蝶啊
就點一杯莊子逍遙去

咖啡館提供免費貓草
幫助思考更有條理
嚼啊嚼　嚼啊嚼
整隻貓進入神遊境地
咖啡館闃無聲息

直到有一隻貓又悟出了哲理
用粉筆沙沙地在黑板寫下
「今日，我掉了一根鬍鬚。」

The unexamined life
is not worth living
— Socrates
Every man is a poet
when he is in love
— Plato
Plato is dear to me,
but dearer still is truth
— Aristotle
Today Special
Socrates
Plato
Nietzsche
Rousseau
Gandhi
Kant
莊子
老子
philosophe

藍色啤酒海

貓酒吧座無虛席
招牌口味「經典熱帶魚」
來自熱帶島嶼的豐富色彩
入口帶來多層次變化

「純淨水母凍」
適合喜歡甜蜜香氛的母貓
每一口都有戀愛的滋味

「瘋狂魷魚」
專為好鬥愛挑釁的貓咪設計
被激怒的魷魚墨水直噴
苦味直透舌根

如果喜愛綿密啤酒泡泡
推薦點一缸「憤怒河豚」
保證喝進一肚子氣

其實貓貓最渴望的
是泡進整缸藍色的啤酒海裡

未成貓請勿飲
禁止酒架
Classic Tropic
Pure Jelly
Crazy Squid
Simple Sardine

貓奴實驗室

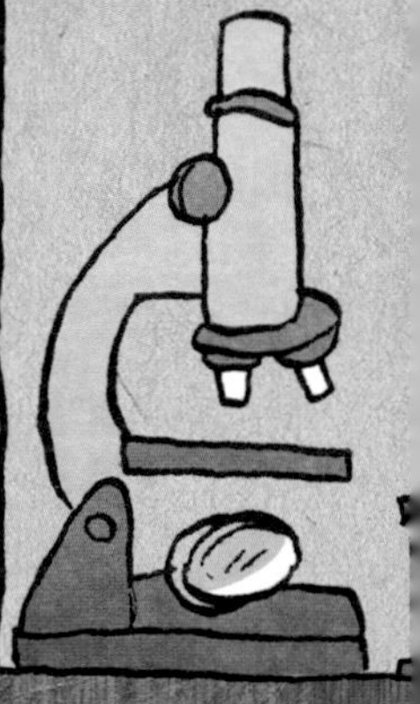

這個大腦腦波很弱
可以輕鬆遙控掌握

這顆心臟動力很強
可以承受貓咪的各種瘋狂

這隻手的靈活度不錯
按摩起來快感應該很夠

這顆眼球的專注力不足
還會偷看其他動物
貓奴的眼裡
當然只能有貓

貓奴實驗室
致力研究開發
一百分完美貓奴
研究結果證實
人類是很容易掌控的生物

Paw
Stupid
Crazy
Cats Only
How to control?

罐頭伴侶工廠

我們是生產伴侶的罐頭工廠
為不想戀愛的宅貓男女
提供即開即食的伴侶配方

花色體型任君挑選
個性脾氣精彩多樣
經造型師精心SEDO
隻隻毛髮蓬鬆飄逸
打開罐頭香氣四溢
太陽香　爆米花香　鮪魚香……

針對挑剔的客人
我們提供客製化服務
要圓要扁　要長要短
要乖要壞　要大要小
顧客滿意度百分百

過期罐頭俗俗賣
小心品質不穩定
脾氣變壞變怪
這種充滿刺激感的變質罐頭
是怪咖宅貓的最愛

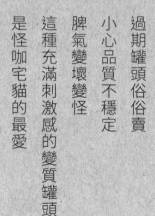

罐頭伴侶
Canned Partner
Canned Partner

搶救扭蛋貓

奇怪的機器裡
關著肢體表情怪異的貓咪
這名為扭蛋的玩意
以誘捕貓咪為職業
把他們關在小小的圓球裡
取悅路過的人類

別怕別怕
我們來拯救你
從圓球迸出的貓咪
有些表情呆滯
搞不清自己在哪裡
有些睡得正香
爆氣吵著要回去

怪奇機器
擄走貓咪的靈魂
讓他們連自己是誰都忘記

PLAYGROUND
扭蛋貓
100款 60元
兌幣請至櫃檯

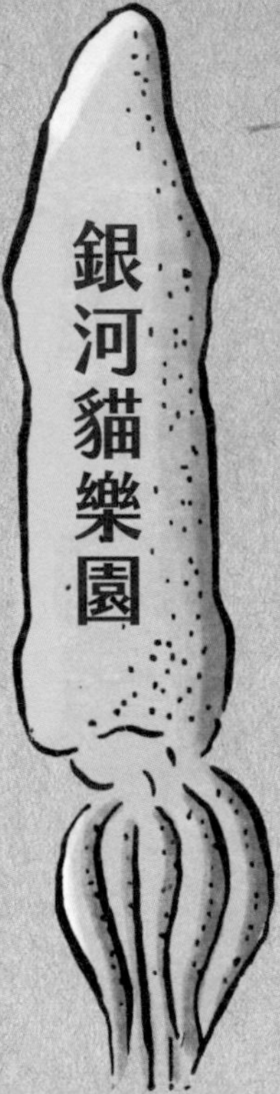

銀河貓樂園

雲霄飛車劃過星空
刺激到毛都豎起來

漂漂河沒有邊界
一不小心就翻進銀河

輻射鞦韆瘋狂旋轉
一瞬間就把貓咪甩飛

旋轉紙箱最受歡迎
但要小心一旁搗蛋的壞貓咪

巨貓鬼屋是成貓限定
暗摸摸的隧道尖叫聲四起

貓樂園的技師很懶
遊樂設施常常故障
還好在無重力的太空
飛出去　掉下去　攏免驚啦

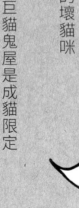

EXIT

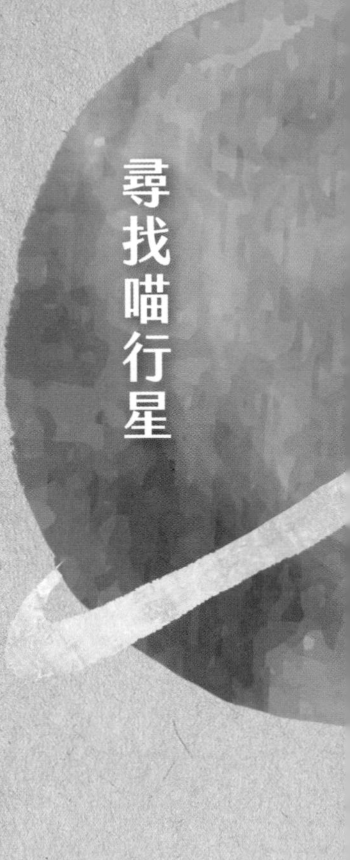

尋找喵行星

小貓飛碟降落
在不知名的星球
踏出太空艙
體重變成棉花糖

阿喵斯壯踏出他的第一步
這是歷史性的一刻

小貓王子帶著玫瑰
在屬於他的星球上沉思

外太空伸出的神祕手指
指尖對著貓爪子
正在進行他們的第一類接觸

黏黏怪物探出觸鬚
傳遞電波竊取小小貓腦袋的思想

飄浮在外太空
最好把腦袋也放空

第五章

回家的路上

咖啡時光

愛睡的貓咪　一下就沒電
隨時得停下來
尋找旅途中的精神補給

咖啡樹下的露天咖啡館
全天候開張
想要喝杯咖啡
得從採豆開始忙

採果　選豆　日曬
去殼　烘豆　研磨

漫長的工事
沒有貓咪覺得不耐
因為好咖啡值得等待

紅豔的寶石中
藏著突變貓豆
是貓咪追求的最高美味
當烘豆的香氣傳出
就像等待開獎
誰會是獲得隱藏版的幸運貓咪

探險路上的下雨天

天降小雨嘩啦啦
貓掌隨手一抓
撐起大自然的小雨傘
龜背芋洞洞特別多
雨滴偶而穿透
卻是一把厚實耐用的好傘

旅人蕉樹如其名
是旅行者的好朋友
葉鞘儲水豐沛　解旅人之渴
像把扇子的蒲葵最實用
天熱時可搧風
天雨時能防水
從池畔撈起的荷葉
住著一隻小青蛙
不如一起走一段路吧
貓咪撐著小傘魚貫走過
這是一場葉子的大遊行

蘇打水的夏天

正午的荷花池
注滿冰鎮過的蘇打水
氣泡從水底噗噗冒出
為夏天打出輕盈的氣息

當氣泡碰上貓毛
啵的一聲　壓力解放
帶來瞬間清爽

身體輕飄飄
暑氣全消
夏蟲在鳴唱
萬物都睡著

雙腿輕輕一蹬
尾巴左右搖擺
夏天啊
就要漂浮在藍色的氣泡海

橡實大戰

落葉編織的地毯
鬆鬆軟軟
溫暖的觸感
溫暖的顏色
貓咪一見就嗨翻

翻翻找找
秋天玩什麼好
地毯下挖到寶
大家一起來玩好不好

橡實圓滾滾
可以玩拋接球
橡實的帽子掉了
可以玩井字遊戲

松鼠有點生氣
我們的食物
怎麼被拿來當玩具

叢林酒吧

低調奢華的叢林酒吧
開在雨林樹冠
只有會爬樹的貓咪能到達

貓咪來這裡買鬆
稀有植物汁液製成的調酒
讓身體再不記得旅途的疲勞

酒吧發行的叢林快報
搜羅八卦大小事
連長頸象鼻蟲生了幾個孩子
它都知道

濃密的樹冠
提供貓跳台娛樂
噗通一聲跳進樹海
有貓咪玩得太瘋
差點回不來

調酒師上下搖擺跳起舞來
低調奢華的叢林酒吧
今天由狐猴酒保為您服務

JUNGLE
BAR

野營之夜

旅行的最後一天
把營帳紮好
河邊洗淨毛毛
營火把貓掌烤一烤

不過是黃昏
已經有貓躲進帳篷
昏昏沉沉睡了一覺

聊著漫長旅途中的故事
好像昨天才發生的事
要回家了嗎
捨不得　也期待著

因為旅行
有了回家的期待
因為回家
有了再次出發的渴望

貓咪的奇幻旅程
到這裡　還沒結束呢

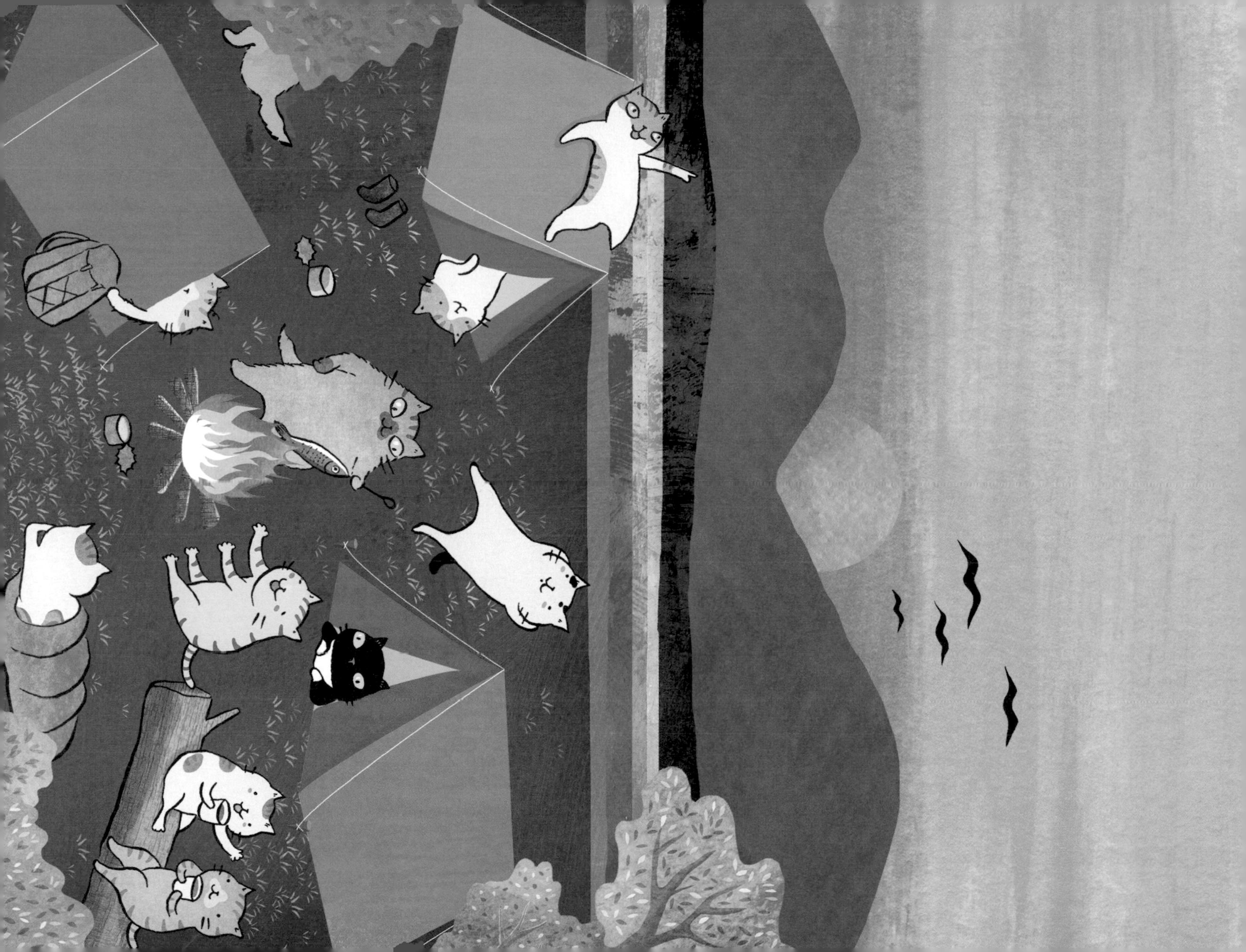

後記

任意門

每個人
都擁有一道任意門
但在打開之前
你必須先找到
一把名為「想像」的鑰匙
才能開啟
屬於你的奇幻旅程

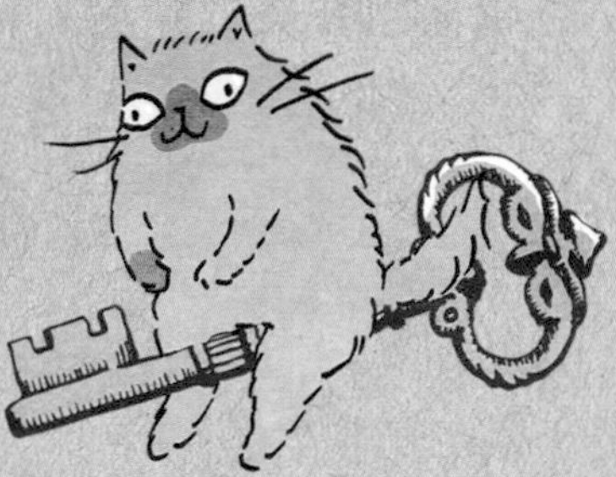

AFRICA
一代美貓
的秘密生活
限

貓咪事務所 34

貓咪的奇幻旅程

作者 貓小姐（臉書：貓小姐 Ms.Cat）
封面題字 貓小姐
責任主編 李季鴻
美術設計 張曉君／aurachang@gmail.com
校對 李季鴻、林欣瑋、貓小姐
行銷統籌 張瑞芳
行銷專員 段人涵
總編輯 謝宜英
出版者 貓頭鷹出版
發行人 涂玉雲
發行 英屬蓋曼群島商家庭傳媒股份有限公司城邦分公司
104 台北市中山區民生東路二段 141 號 11 樓
劃撥帳號：19863813 戶名：書虫股份有限公司
城邦讀書花園：www.cite.com.tw
購書服務信箱：service@readingclub.com.tw
24 小時傳真專線：02-25001990～1
香港發行所 城邦（香港）出版集團／電話：852-25086231／傳真：852-25789337
馬新發行所 城邦（馬新）出版集團／電話：603-90563833／傳真：603-90562833
印製 中原造像股份有限公司
初版 2022 年 1 月
定價 新台幣 420 元（紙本精裝）／新台幣 294 元（電子書 ePub）／港幣 140 元（紙本精裝）
ISBN 978-986-262-524-8（紙本精裝）／978-986-262-527-9（電子書 ePUB）

讀者意見信箱 owl@cph.com.tw
投稿信箱 owl.book@gmail.com
貓頭鷹知識網 http://www.owls.tw
貓頭鷹臉書 facebook.com/owlpublishing/
【大量採購，請洽專線】(02)2500-1919

國家圖書館出版品預行編目 (CIP) 資料

貓咪的奇幻旅程 / 貓小姐著 . -- 初版 . -- 臺北市：貓頭鷹出版：英屬蓋曼群島商家庭傳媒股份有限公司城邦分公司發行 , 2022.01
96 面；23X17 公分 . --（貓咪事務所；34）
ISBN 978-986-262-524-8（精裝）

863.55 110019987

貓小姐 Ms.Cat